What Day Is It?
¿Qué día es hoy?

Alex Moran

Illustrated by/Ilustrado por Daniel Moreton

Green Light Readers/Colección Luz Verde
Harcourt, Inc.
Orlando   Austin   New York   San Diego   London

Gil was glad.
"This is my big day!"

Guille estaba contenta.
—¡Hoy es mi gran día!

Gil saw Ann.
"Ann! What day is it?"

Guille vio a Ana.
—¡Ana! ¿Qué día es hoy?

"It's Monday," said Ann.

—Es lunes—dijo Ana.

Gil was sad.
"Ann forgot my big day."

Guille se puso triste.
—A Ana se le olvidó mi gran día.

Gil saw Todd.
"Todd! What day is it?"

Guille vio a Tomás.
—¡Tomás! ¿Qué día es hoy?

"It's Monday," said Todd.

—Es lunes—dijo Tomás.

"Ann and Todd forgot that
this is my big day!"

—¡Ana y Tomás se olvidaron
que hoy es mi gran día!

Gil was so sad.

Guille estaba tan triste.

"My friends forgot," he said.
"It's my birthday, and they missed it."

—Mis amigos se olvidaron—dijo.
—Es mi cumpleaños y se les olvidó.

"We did not miss it!
Happy birthday, Gil!"

—¡No se nos olvidó!
¡Feliz cumpleaños, Guille!

"Thank you," said Gil.
"This is a surprise!"

—Gracias—dijo Guille.
—¡Qué gran sorpresa!

Ant Bookmark

Gil's friends remembered his birthday.

Make a bookmark to help you remember your place in your book.

WHAT YOU'LL NEED

 paper

 crayons or markers

 scissors

 glue

1. Draw an ant at the top of your bookmark.

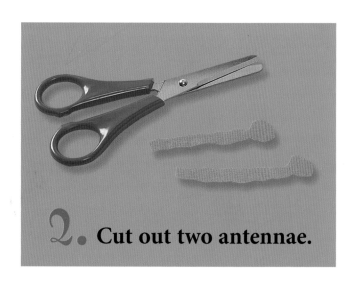

2. Cut out two antennae.

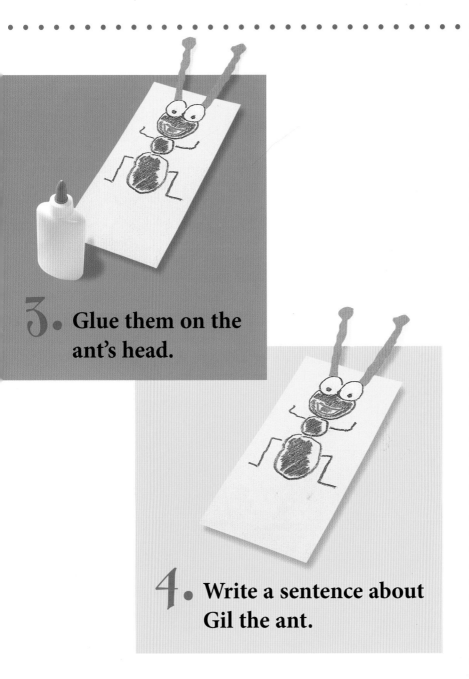

3. Glue them on the ant's head.

4. Write a sentence about Gil the ant.

Share your bookmark with a friend!

Hormiga marcapáginas

Los amigos de Guille recordaron su cumpleaños.

Haz un marcapáginas para recordar hasta dónde has leído.

LO QUE NECESITARÁS

 papel

 crayolas o marcadores

 tijeras

 pegamento

1. Dibuja una hormiga en la parte de arriba de tu marcapáginas.

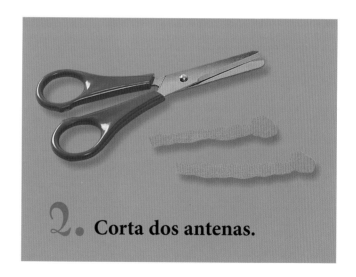

2. Corta dos antenas.

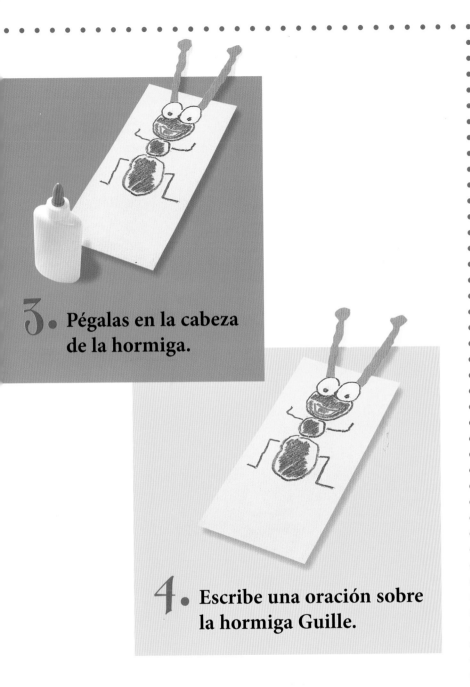

3. Pégalas en la cabeza
de la hormiga.

4. Escribe una oración sobre
la hormiga Guille.

¡Enséñale tu marcapáginas a un amigo o amiga!

Meet the Illustrator
Te presentamos al ilustrador

Daniel Moreton loved listening to his grandmother's stories when he was a child. They made him want to write stories and books of his own. He creates pictures for his books, too. He uses a computer to draw them. That is how he made the pictures for this story about Gil the ant. He hopes his stories inspire you to write stories of your own!

Cuando Daniel Moreton era pequeño le encantaba escuchar los cuentos que contaba su abuela. Esto lo ha hecho querer escribir sus propios cuentos y libros. También crea las ilustraciones para sus libros. Las dibuja con una computadora. Así hizo los dibujos para este cuento sobre la hormiga Guille. A Daniel le gustaría que sus cuentos te inspiren a ti a escribir los tuyos.

www.HarcourtBooks.com

First Green Light Readers/Colección Luz Verde edition 2008

Green Light Readers is a trademark of Harcourt, Inc., registered in the
United States of America and/or other jurisdictions.

Library of Congress Cataloging-in-Publication Data
Moran, Alex.
[What day is it? English & Spanish]
What day is it? = ¿Qué día es hoy?/Alex Moran; illustrated by Daniel Moreton.
p.   cm.
"Green Light Readers."
Summary: Gil the ant mistakenly believes that all
of his friends have forgotten his birthday.
[1. Birthdays—Fiction. 2. Ants—Fiction. 3. Spanish language materials—Bilingual.]
I. Moreton, Daniel, ill. II. Title. III. Title: ¿Qué día es hoy?
PZ73.T745   2008
[E]—dc22   2007006553
ISBN 978-0-15-206275-0
ISBN 978-0-15-206281-1 (pb)

A C E G H F D B
A C E G H F D B (pb)

Ages 4–6
Grades: K–1
Guided Reading Level: C–D
Reading Recovery Level: 6–7

Green Light Readers
For the reader who's ready to GO!

Five Tips to Help Your Child Become a Great Reader

1. Get involved. Reading aloud to and with your child is just as important as encouraging your child to read independently.

2. Be curious. Ask questions about what your child is reading.

3. Make reading fun. Allow your child to pick books on subjects that interest her or him.

4. Words are everywhere—not just in books. Practice reading signs, packages, and cereal boxes with your child.

5. Set a good example. Make sure your child sees YOU reading.

Why Green Light Readers Is the Best Series for Your New Reader

● Created exclusively for beginning readers by some of the biggest and brightest names in children's books

● Reinforces the reading skills your child is learning in school

● Encourages children to read—and finish—books by themselves

● Offers extra enrichment through fun, age-appropriate activities unique to each story

● Incorporates characteristics of the Reading Recovery program used by educators

● Developed with Harcourt School Publishers and credentialed educational consultants

Colección Luz Verde
¡Para los lectores que están listos para AVANZAR!

Cinco sugerencias para ayudar a que su niño se vuelva un gran lector

1. Participe. Leerle en voz alta a su niño, o leer junto con él, es tan importante como animar al niño a leer por sí mismo.

2. Exprese interés. Hágale preguntas al niño sobre lo que está leyendo.

3. Haga que la lectura sea divertida. Permítale al niño elegir libros sobre temas que le interesen.

4. Hay palabras en todas partes—no sólo en los libros. Anime a su niño a practicar la lectura leyendo señales, anuncios e información, por ejemplo, en las cajas de cereales.

5. Dé un buen ejemplo. Asegúrese de que su niño le vea leyendo a usted.

Por qué esta serie es la mejor para los lectores que comienzan

● Ha sido creada exclusivamente para los niños que empiezan a leer, por algunos de los más excepcionales y excelentes creadores de libros infantiles.

● Refuerza las habilidades lectoras que su niño está aprendiendo en la escuela.

● Anima a los niños a leer libros de principio a fin, por sí solos.

● Ofrece actividades de enriquecimiento creadas para cada cuento.

● Incorpora características del programa Reading Recovery usado por educadores.

● Ha sido desarrollada por la división escolar de Harcourt y por consultores educativos acreditados.